Gabriele Heise

Wer will schon ins Fegefeuer?

Gabriele Heise

Wer will schon ins Fegefeuer?

Begegnungen mit einem Schutzengel

Goldene Rakete Verlag für Belletristik

Imprint

Cover image: www.ingimage.com

Publisher:
Goldene Rakete Verlag für Belletristik
is a trademark of
International Book Market Service Ltd., member of OmniScriptum Publishing Group
17 Meldrum Street, Beau Bassin 71504, Mauritius

Printed at: see last page
ISBN: 978-620-2-44579-5

Im Morgengrauen glänzen die Tautropfen

Botschaften gibt es überall von den netten Nachbarn wie den himmlischen Schutzengeln, die mir mit neusten Informationen die Ohren abkauen. Auf dem Weg zur Arbeit kitzelt mich die Geduld und schickt mir den Stau zu morgendlicher Stunde. So ein Engel an meiner Seite ist schon sehr aufregend. Nur wenn ich tatsächlich Hilfe brauche, ist niemand da, der mal ein Abflusssieb repariert oder eine Dichtung im Wasserhahn erneuert. Erst neulich habe ich einen Engel gesehen. In meinem Garten, gleich neben der Schaukel, schien die Sonne auf den gefrorenen Boden. Die Äste eingehüllt in ein weißes Gewandt, eingefroren wie in ein Korsett. Die Sonne schaute direkt auf den Zweig. Die ließ den Zweig zu Tränen rühren. Tropfen liefen am Haselnussstrauch herab. Sonst bin ich in der Arbeit oder mit Hausarbeit beschäftigt. Heute sitze ich im Hängesack. Eingemummelt mit einer dicken Decke. Mit einer Tasse Tee in der Hand genieße ich die Wintersonne. Dabei beobachte ich die Sträucher, wie sie einfach ihr Dasein genießen. Angepasst an das göttliche Gebaren. Entfliehen gibt es nicht. Stocksteif ohne Regung nimmt mich ein Spatzenpaar in Beschlag. Sie fliegen im Baum herum, kreischen völlig unbekümmert.So als wollten sie mich vertreiben. Das Rebellion ähnliche Gezwitscher nimmt zu. Was mich veranlasst näher an den Korkenzieherbaum heranzugehen. Oben auf den Gipfeln sitzt in einer Wolke ein Engel. Dirigiert weitere Vögel. Es sitzen Rotkehlchen, Meissen, Amseln und Tauben schwingend auf den Ästen. Unterhalten mich in einer Art und Weise wie in einer fremden Sprache. Natur kann so entspannend sein. Dann kommt mein Hund kommt und legt sich neben meine Füße. Hin und her schaukeln geht nicht mehr. Was der Engel wohl damit bezwecken möchte?

Meinen Urlaub wird er mir kaum buchen. Unaufgeräumt ist es bei mir. Aber es stört mich nicht. Zu gern würde ich mit dem Engel in Kontakt treten. Ihn fragen, welche Chance auf ein langes Leben bestünde. Mich interessiert, wie es denen geht, die mir vorausgegangen sind. „So schwere Kost am frühen Morgen", höre ich doch tatsächlich ein leises Stimmchen. „Das Leben ist unvorhersehbar.", schiebt die Stimme nach. Was mach ich denn mit der Aussage? Ein Auto fährt vorbei und der Engel ist weg. Merkwürdig. Er hat wohl auf den Autofahrer gewartet? Am Ende muss er hinter ihm her, um ihn zu beschützen. Vielleicht ist es der Raudi, der nachts in der Spielstraße mit 60 Sachen durch die Straßen heizt. Neugierig stehe auf und schaue über die Hecke. Es ist der Knöllchenschreiber. Schmunzelnd setze ich mich wieder in meinen Hängesack. Dem Engel kann ich sowieso nicht helfen. Er fährt schneller als die Polizei erlaubt.

Raus aus der Hölle

Begonnen hatte alles mit einem handfesten Streit. Mit mir könne man nicht vernünftig reden. Zuhören sei bei mir einmalig. Dem würde Dynamit kaum schneller reagieren. Dabei sage ich nur meine Meinung.

An jenem Abend komme ich abgekämpft nach hause. Lege den Schlüssel auf die Konsole, ziehe gedankenverloren meine Schuhe aus und lege mich mit Jacke gleich auf die Couch. Vor Wut will ich heulen. In meinem erschöpften Zustand versuche mich mich zu entspannen. Eine Stimme zählt von eins bis zwanzig. Bei jeder Zahl soll ich meinen Körper massieren. Sofern es Störungen gibt, fegt ein imaginärer Handfeger die lästigen Gedanken auf eine Schaufel und wirft sie ins Universum. Beiläufig massiere ich Füsse, male mit meinem Finger Zahlen in den Sand und berühre Hausnummern. Die eigenwillige Entspannung tut mir gut. Wirklich einzigartig ist die leichte Atmung. Ich schlafe tief ein. Bis das Telefon läutet. Schlagartig holt mich der Klingelton zurück. Mein Chef ist dran. „Frau Krehwinkel, nach der Vorstandssitzung müssen zehn Mitarbeitende gehen. Sie trifft es auch. Es tut mir leid. Ab sofort sind sie freigestellt.“ Was ist passiert, dass ich gehen muss?, frage ich nach. „Herr Harlieb stellt ein neues Team zusammen. Sparmaßnahmen erfordern eine schlankere Verwaltung. „Das hat nichts mit ihnen zu tun.“ Völlig entsetzt reibe ich meine Augen. Kann nicht glauben, was mir eben passiert. War es meine Kollegin, die mich anschwärzte und das Resultat muss ich jetzt hinnehmen?

Am nächsten Morgen rufe ich die Agentur für Arbeit an. „Sie können den Arbeitslosenantrag im Internet ausfüllen“, gibt mir die Telefonstimme blechern zurück. Als ich ihr in ein paar Worten erkläre, wie mir zumute ist. Ein Turm von Fragen spitzen sich zu. Was wird aus mir? „Sie bekommen einen Termin für ein Gespräch bei einem Arbeitsberater. Besprechen sie mit ihm ihre Situation.“ Die kann gut Reden. Hat einen Job und ein sicheres Einkommen, führe ich einen Monolog. Während ich das Telefon auf den Tisch lege, überlege ich, ob es ein Fegefeuer gibt. Wer weiß, was für eine Historie meine Seele hat? In meinem Ohr jammert eine Stimme. „Wehr dich!“ Selbst ein Zeichen aus der Unterwelt könnte ein Hinweis auf meine ständigen Streitereien mit Kollegen sein.

Die Stimme wird lauter. Lacht, ich lache auch. Als Harz IV Empfänger wird mir das Lachen vergehen, überlege ich. Deshalb werde ich bei nächster Gelegenheit in der Bäckerei fragen, ob ich als Aushilfe einsteigen kann. Doch im Moment fühlt sich mein Körper schlapp, als wolle eine Grippe bei mir einziehen. Dauerhaftes Niesen stellt sich ein. Literweise Tee fließt den Tag über durch meinen Körper. Nichts hilft, was bei dem Anflug einer Erkältung früher geholfen hatte. Die Ohren werden nachmittags heiß, die Stirn schwitzt und meine Stimme ist weg. Egal welcher Arbeitgeber, ohne Stimme wird er mich nicht verstehen. Völlig unerwartet kommt mein Körper zur Ruhe. Reinigt die überforderten Zellen. Das Fegefeuer ist ein Reinigungsort, fällt mir spontan ein. Ob die Agentur durch das Telefon bei mir eine Reinigung einleitet hat? „Nein", versichert mir eine Nachbarin, die mir die gelesene Zeitung bringt. Das tut sie donnerstags, wenn die Rubrik mit „verschenkte Sachen" in der Tagespresse erscheint. Ein Fahrrad, eine Waschmaschine und ein Hundebett gehören zu meiner Ausbeute vergangener Wochen. Auf den Hund muss ich noch warten. Sobald die neue

Stelle kommt, mir das Gehalt bezahlt wird, was mir zusteht, könnte ein Hund den Weg zu mir finden.

In meinem Kopf zieht ein Sturm auf. Mein Hausarzt meint, mit einem Sitzbad lauwarmen Wassers könne das Fieber gut gesenkt werden. Das ist ein toller Tipp. Kurzerhand sitze ich in die Wanne und friere.

Danach lege ich mich ins Bett. Nehme meine Kopfhörer und gebe mich der auditiven Massage hin. Plötzliche innere Bilder von Chaos drücken mir schwer auf den Brustkorb. Die einlullende Stimme macht mir klar, nur mit einem Plan lässt mich das Fegefeuer wieder los. Als zukünftiger Arbeitsloser bin ich wie ein gefallener Engel. Muss jetzt in der Hölle schmoren, bis mich ein neuer Arbeitgeber wieder einstellt. Läuterung mittels Reinwaschen habe ich dringend nötig, damit die Kollegen besser mit mir klarkommen. Vielleicht trägt das harmonischere Arbeitsklima zu einem besseren Miteinander.

Die nächsten Tage verfliegen viel zu schnell. Der Alltag ist mit Bewerbungen schreiben voll ausgefüllt. Innerlich immer noch auf Hab acht Stellung, weil keiner der Anschreiben zu einem Vorstellungsgespräche führt, überlege ich ein

Opfer zu bringen. Nur welches? Beim Staubwischen glaube ich fest an mich. Ein feuchtes Tuch nimmt in kürzester Zeit den hauchdünnen Belag auf. Tatsächlich sehe ich es deutlich. Mir fehlt der Glaube, dass mich wieder jemand einstellt. Die Zuversicht für einen neuen Arbeitsplatz. Den Mehrwert durch Annehmen und Wachsen. Die Erkenntnis, die im Misslingen liegt. Es dauert noch ein ganzes Jahr, bis ich wieder eine Arbeit habe. Die Hölle schickt mich wieder auf die Erde. Mit einer positiveren Einstellung durch Meditation und einer Fortbildung in meinem Beruf nimmt meine Situation deutlich Fahrt auf, als das Tierheim in Hoheneck Welpen in der örtlichen Zeitung ausschreibt. Endlich kommt ein Vierbeiner in meine Wohnung. Susi ist seither meine beste Zuhörerin und meckert nur, wenn kein Wasser in ihrer Schüssel ist.

Ein Haus voller Gefahren

Heute Nachmittag ist Franz unterwegs. Der Unterricht fällt aus. Er macht sich zum ersten Mal alleine auf den Weg zur Bank. Steht vor der riesigen Glasfläche. Er atmet in das Schaufenster hinein. Sein Spiegelbild kann er nicht sehen. Anscheinend steht neben ihm sein Schutzengel, der ihn anstupst, die Schultern nicht so hängen zu lassen. Während eine himmlische Macht ihm zur Seite steht, ringt Franz mit seinen Gedanken. Er will es nicht versemmeln. Er trippelt mit dem rechten Fuß auf der Stelle. Überlegt eine Weile still in sich hinein. Seine Hose hängt herunter. Sie ist tief gerutscht. Obwohl er langsam gelaufen ist, flattert das Hemd über dem Hosenbund. Über ihm verdichten sich die Wolken. Verdunkeln die Sonne. „Bald wird es Regen geben. Beeil dich", ruft ihm sein Schutzengel zu.

Franz ergreift den Hosenbund und zieht die Falten der schlabbernden Hose glatt. Stopft sein Hemd in die Hose. „Du bist wieder gewachsen „Energietransport mit Schutzengel" hatte Oma Hoppe das genannt, als er wieder ein Stück größer wurde. Nein, er war kein kleines Kind mehr. Er stellt sich der erwachsenen Rolle. Verantwortung übernehmen will er jetzt. Seriös auftreten, nicht Fußball spielen, wie seine Klassenkameraden das gerade tun. Zeit für einen letzten Blick auf das Handy. Er scrollt mit dem rechten Daumen die erwünschte Plattform herbei. Ein Programm erscheint. Immer noch ist ein Schatten hinter ihm. „Ach, würde er endlich diese Technik lassen. Sich mehr mit den wesentlichen Momenten im Leben abgeben.“, mault ein älterer Herr, der gerade an ihm vorbei läuft. „Was haben sie gegen Handys. Sie wollen doch auch so ein tolles Smartphone, das mit einer Uhr korreliert. Ich kann ihnen zeigen, wie das geht.“

„Nein, nein, meine Zeit ist abgelaufen, das brauche ich nicht mehr. Außerdem frisst es deine Lebenszeit auf. Schon in ein paar Jahren wirst du sehen, was es aus dir macht.“, gibt der Alte mit einem Augenzwinkern zurück. „Ich muss in die Bank. Da war ich noch nie. Es fällt mir schwer für meine Schülerfirma die Umsätze abzufragen, bis unser Produkt verkauft ist, muss ich den Überblick behalten“, sagt er dem Alten.

„Du wirst das schon hinbekommen. Trau dich.“ Danach läuft der Alte weiter und war kurze Zeit hinter der nächsten Straßenecke verschwunden.

Im Spiegel der Glasfront erhellt sich das Gesicht von Franz. Wieso aufregen? Er ist der Buchhalter. Sind das seine Zahlen? Sein Schutzengel kickt ihn in den Hintern. Es ist kein Irrtum möglich. „Dieser Mensch wird erst in 80 Jahren sein Soll erfüllt haben", schreit sein Schutzengel.

Doch das Treten hat geholfen. Leichten Schrittes geht Franz auf die Eingangstür zu. Was ihm wohl begegnet oder erwarten wird? Eine große Halle mit Schaltern und eine Handvoll Menschen stehen darin. Hinter dem Schalter teilt eine Frau emsig Geldscheine aus. Mit Geldgeschäften verdient die Frau ihr Geld, murmelt er vor sich hin. Eine saubere Angelegenheit!

Reichtum ist kein Charakterzug

Erst neulich beim Bäcker warte ich auf meine Bestellung. Neben mir steht ein Frau. Sie trägt ihr kurzes Haar streng am Kopf links gescheitelt. Das Blond ihrer Haarfarbe ist chemisch abgestimmt zu Jacke und Schuhe. Die Handtasche mit einer neutralen Nuance, hängt lässig über der mir abgewendeten Schulter. Rosenduft strömt in meine Nase. Lautlos bewegt sie ihre Geldbörse. Sie klappt den goldenen Geldbeutel auf und zeigt einen Zentimeter hintereinander gereihter Geldscheine. Unangenehm berührt schäme ich mich für meinen leeren Beutel. Gerade einmal zehn Euro in Münzen liegen darin. Die Blonde dreht ihr Gesicht zur mir. Ihr Blick schweift über meinen Kopf. Sie hat die Bestellung schon aufgegeben. Der Verkäufer ist ein gemütlicher Typ. Langsam holt er eine Kaffeetasse aus dem Regal, stellt sie in den Automat. Drückt den Knopf in Zeitlupe. Vermittelt ein Gefühl von Behaglichkeit. Ich fühle den Arbeitsgang, der mit Liebe gemacht wird. Die Blonde hingegen verzieht ständig ihre Mundwinkel. Als wolle sie dem Gegenüber Dampf machen. Noch ist sie still. Entspannt holt er den Plastikhandschuh greift hinein, schlängelt die Hand zu der Butterbrezel.

Ich traue mich und spreche die Fremde an. „Freuen sie sich auch auf das Frühstück?". Sie ignoriert mich. Ich werde rot im Gesicht. Eine Hitzewallung schwebt durch meinen Körper. Obwohl meine netten Worte an ihr abprallen, wie ein Fußball, verzichte an diesem Tag auf mein schwäbisches Frühstück. Plötzlich von der nonverbalen Unterhaltung ins Aus geschossen, verhagelt es mir den Appetit. Ich nehme nur eine heiße Schokolade.

Die Blonde sitzt mit ihrem Mann, der Gold behängt eine Dauerunterhaltung am Handy führt, am Nachbartisch. Sie unterhalten sich nicht miteinander. Er am Telefon, schreibt in sein mit Goldseiten aufgeschlagenes Notizbuch, irgendwelche Termine. Seine protzige Uhr prahlt am Handgelenk. Ich bin nur neidisch, murmele ich in meine Zeitung. Lese etwas von neuen Arbeitsplätzen in meinem Wohnort. Ein weltbekannter Autohersteller will nur noch Elektromotoren in Autos bauen. Gerade bei mir um die Ecke, schreibt der Bericht weiter. Ein Bürgerentscheid soll den 100 Privateigentümern die Abtretung ihrer Grundstücke erleichtern. Was für eine politische Entscheidung? Am Ende sitzt da der gequälte Firmenchef und ringt mit dem Bürgermeister, dem Bauamt und seinen zukünftigen

Einnahmen. Überhaupt benehmen die zwei sich sehr ungewöhnlich. Mir sind Menschen doch angenehmer, die freundlich dem Zeitgeist eine humorvolle Note abringen können, anstatt den Geldbeutel für alle Welt sichtbar aufzuklappen, das jeder hineinschauen kann. Da sind sie wieder die zehn Gebote: „Du sollst nicht verlangen nach irgendetwas, das deinem Nächsten gehört." Ist es die Zurückweisung oder offene Ablehnung der Blonden. Aber natürlich kann ich nicht jeden Menschen in meinem Umfeld zu meinem Unterstützer machen. Eine Stimme in meinem Kopf fragt mich allen Ernstes: Was könnte ich ändern? Ja, was denn? Am Ende bin ich anderen gegenüber missgünstig. Die ausgelegte Zeitung vom Café in meinen Händen macht mich nervös. Ich will weder jemanden manipulieren, noch mich an dessen Reichtum vergreifen. Verstehen will ich, wie der Charakter den Menschen verändert, dass er nicht mehr freundlich grüßen kann und Neid bei anderen erzeugen muss. Die ist böse. Ob das ein gefallener Engel ist. Eine aus dem Tartaros entwichene Gaia. Wer weiß, wie sie ihren Reichtum zusammenbrachte, mit Seelenraub und gesetzwidrigen Greueltaten. Der erdige Rosengeruch macht mich unsicher. Ihr braungebranntes Gesicht zeugt von

Freiheit auf dem Wasser oder mit viel Zeit in der Natur. Arbeiten ist eben eine Errungenschaft für den Erhalt nicht nur der sozialen Schicht. Ohne meine Arbeitskollegen hätte ich viel weniger zu lachen. Oft vermischt ein böses Wort eine humorvolle Pointe. Auf der anderen Seite stehen, bedeutet weit mehr Verantwortung. Ich lege die Zeitung zurück. Stelle meine leere Tasse auf das Tablett mit dem Rückgeschirr. Darüber hängt ein Bild mit einer Wiese voller Ähren. Aus dem Feld nickt mir ein Engel zu. Seine weißen Flügel flattern im Wind. Im Gleichklang mit meiner Motivation sehe ich heute keinen Anlasse mich weiter für deren Probleme zu interessieren. Minuten später kommt mein Mann und bringt mir eine mit Liebe bestrichene Butterbrezel.

Angestrengte Zeiten

„Mama", erklärt mir meine Tochter, „wir können Besuch aufnehmen". Aha, und wie kommt der Schulleiter darauf, dass ich das will?" Er hat mich angesprochen auf meinem Weg zum Flöten, ich kann nichts dafür! Stell dir vor, wir bekommen zwei Franzosen, können wir das machen?" Petra, wir nehmen keinen Besuch auf. Seit drei Jahren soll die Wohnung gestrichen werden. Schau, wie das bei uns aussieht, entgegne ich flehentlich. Während wir beim Abendessen die neue Situation beratschlagen, fühle ich deutliches Unbehagen in meiner Magengegend, sehe einen Berg an Arbeit. Jede Menge Bücher zum Wegräumen, kein Urlaub in Sicht und drei Räume müssen dringend gestrichen werden, damit unsere Familie die Gäste aus Straßburg empfangen kann. So eine Schande, nörgle ich meinen Mann an. Wir benötigen erst Besuch, dass du die Wohnung streichst. „Nein", dringt an mein Ohr. Spastische Bewegungen durchzucken meinem Magen. Von Gelassenheit spüre ich nichts. Am liebsten würde ich ihm die Meinung sagen.

„Ich kann dir helfen, die Möbel zu verrücken, dann bin ich in der Arbeit", klärt mich mein Mann auf. Zum Glück arbeite ich auch, dann kommt halt einer, der streicht, sage ich. „Wenn du das bezahlst", kontert er. Nun reisst mir der Geduldsfaden. Ich schnauze ihn an: „seit drei Jahren warte ich auf eine Renovierung.", sage ich etwas atemlos. Und er denkt nur an Segeln. Soviel Diskussion nur wegen eines Besuches und meiner schwäbischen Sparsamkeit, ärgere ich mich. Bisher hatte ich noch gehofft, der Kelch der Arbeit würde an mir vorüberziehen. Doch mein Ehemann kennt weder Kehrwoche noch hauswirtschaftliche Pflichten. Möglicherweise fehlt ihm die Kooperation mit dem Besen, die Zuarbeit mit der Spülmaschine oder die Einsicht mit dem Schrubber. Bei der kreativen

Haushaltsführung erkenne ich auf einmal Entwicklungspotential. In Gedanken streiche ich die Wand. Überlege, wie oft die Walze mit Farbe eingestrichen werden muss. Streichen dürfte eigentlich nicht schwer sein, seufze ich. Abgesehen vom richtigen Werkzeug bereite ich mich mental vor. In dem Zimmer meiner Tochter liegt eingestaubt ein Kruzifix. Andächtig nehme ich es aus der Schachtel. Halte es auf die Wände und spreche Frucht erregende Sätze zu meinem Schutzengel. Er könnte mir doch helfen. Jetzt sähe er der Aufgabe direkt ins Auge.

In dem Moment fällt in der Küche ein Glas herunter. Ich springe schnell dorthin. Sehe den Hund, wie er emsig über den Boden schleckt. Na prima, entfährt es mir.

Ich nehme mir vor, motiviert, das Projekt Wände streichen als sinnvolle Aufgabe anzunehmen. Ich werde der Familie zeigen, was Verantwortung übernehmen heißt.

Die Vorbereitungen bestimmen den nächsten Abend. Dekorvorschläge meiner Lieben nehmen kein Ende. Meine Tochter hält mir ihre ausführlich auf Papier gezeichneten Wünsche unter die Nase. „Mama, mal Schiffe auf die Wand. Jetzt hast du freie Wahl", sie strahlt mich an.

„Wir sollten eine Tapete nehmen", sagt mein Mann. Klasse, und der Papa will Tapete…, äffe ich ihn nach. Ja, vielleicht später einmal, versuche ich die tollen Zeichnungen zu loben. Aber tapezieren habe ich nicht gelernt. Geradeaus schneiden können nur Spezialisten, sage ich. Mit etwas Nachdruck übertrage ich jedem die Verantwortung für deren Entwürfe. Beharre darauf, dass jeder seine Idee durchsetzen kann, indem die Arbeiten übernommen werden. Plötzlich sind wir alle einer Meinung. „Etwas anmalen dürfte

überhaupt kein Problem darstellen", lasse ich mir erklären.
Tage darauf setzen wir die Idee in die Tat um. Mein Göttergatte, nimmt dafür einen Freitagmittag frei. Mein Schutzengel hat mich erhört. Nachdem das Konzept klar ist, wird Farbe im Baumarkt eingekauft. Die Pinsel suche ich aus. Immerhin, müssen die mir gut in der Hand liegen. Mit einem Teleskop-Stab lässt sich die Decke scheinbar einfach streichen. Gefühlte Stunden sind wir mit der Material-beschaffung beschäftigt.

Wieder zurück, beginnt das Abenteuer. 13 Umzugs-kartons, die auf dem Flur Platz finden, werden gepackt und dorthin geschleppt. „Das sind alles deine Bücher", knurrt mich mein Mann an. Woher kommen die Bücher? Ach ja, alles gelesen in der langen Babypause. Während mein Kind schlief machte ich irgendwelche Kurse. Resultierend mit Hausaufgaben für die ich Lernmaterialien benötigte, die nun in der ganzen Wohnung verstreut liegen. So ein Quatsch, wehre ich mich. Schau deine EDV verabschiedeten Themen an, die braucht heute kein Mensch mehr! Wer will schon ein Buch über ein Betriebssystem, das mehrfach überholt oder ersetzt völlig neuen Regeln unterliegt. Schmeiß den Mist fort! Eine Kiste voll Bücher trage ich zusammen. Mein Mann ist beschäftigt. „Keine Zeit", versichert er, nimmt Achselzuckend hin, dass ich die aus dem Sortiment genommenen Bücher zusammentrage. „Vergess' nicht meine Segelreise", gibt er zwischen Karton schleppen, Möbel rücken und Farbe anrühren von sich. Ich werde meinen Mann mehr zu Eile antreiben. „Ich bin zuständig für die gute Stimmung an Bord", erklärt er mir. Rezepte für das Wohlbefinden der Crew, bedürfen der Vorbereitung", was auch immer das heißen mag. Überhaupt entscheide ich mich und bitte ihn nach einer alten Hose. „Glaubst du wirklich, eine Hose von mir passt dir?", gluckst er herum. Tatsächlich hatte ich versehentlich eine Hose in meinen Kleiderschrank gepackt und wunderte mich über die Länge der Hosenbeine. Bemerkte erst, nachdem ich mit dem Hund schon auf dem Weg war, hier stimmt etwas nicht. An jenem Morgen war ich zu müde, um meiner Hose viel Aufmerksamkeit zu schenken. Ich dachte schon, ich hätte über Nacht sehr abgenommen. Verstand überhaupt nicht, wieso der Hosenbund so locker saß. Kannst du mir eine Hose von dir geben, die dir zu eng ist, frage ich ihn, nachdem ich diese Hose an jenem Morgen gleich wieder zurück gab. Tatsächlich zieht er die angetragene Hose aus dem Schrank. „Die ist mir zu kurz, die kannste haben", versichert er mir. Ich erkenne sie sofort. In seinem Schrank wütet das Chaos. Herrje, entfährt es mir, alles in irgendwelchen Kästen, Regalen und Schränken gesammelte, lässt mich in diesem Moment einfach verstummen. Ich ergreife die

Hose, die er immer noch festhält, als sei aus purem Gold. Ziehe sie an, nehme ein verwaschenes T-shirt von meiner Tochter und benässe die Walzrolle. In der Zwischenzeit ist er wieder unterwegs, denn Lebensmittel fehlen. Ich hänge im Wohnzimmer und klebe die Fenster ab. Ummantle den Rolladengurt. Lege den Boden mit dünner Folie aus und stelle fest, es fehlen welche. Die Tageszeitung muss herhalten und schon turne ich auf einem Schemel die Wände rauf und runter. Laufe mehrmals um die Möbel und sehe bald aus, als sei ein Schneeeinbruch über mich hereingebrochen. Mein Rücken schmerzt. Die Arme werden immer länger und ein Drittel Farbe fehlt noch nach oben an die Decke. Mein Mann hat ein Einsehen. Danach ist das Wohnzimmer fertig. Im Durcheinander der Möbel, fühle ich mich total erschöpft. Die mit Farbe durchnässte Hose klebt an meinen Beinen. Ich ziehe die Klamotten aus und springe unter die Dusche.

Langsam bröckelt die Farbe wieder ab, die Streich- und Aufräumarbeiten für die nächsten Zimmer dauern fast vier Wochen. In den Stunden danach frage ich mich, wieso Perfektionismus so schmerzt.

Ein geschenktes Leben

Schlaf versunken will ich die Augen öffnen. Nur das Rechte blinzelt. Aufstehen, oh nein, murmle ich vor mich hin. Träge Wolken hängen auf meinen Augenlidern.

Was war das für ein Geräusch? Gleich kommt der kalte Waschlappen, befürchte ich. Die Ruhestörung jagt meine Gedanken zum Schrank. Ist das der Tatort, der nächtlichen Unruhe? Grenzüberschreitendes Gebrüll rumort in meinem Kopf . Gleich bringe ich meinem Wecker um, weil er mich immer zur gleichen Zeit zum Aufstehen zwingt. Werde ich zum Mörder der Zeit? Wenn mich die Polizei verfolgt, werde ich die Tat leugnen und abtauchen. Vielleicht stellt mich die Gesichtserkennung. Aus meinem sicheren Lebensabschnitt werde ich herausfallen. Die Fassung verlieren. Früher verbrachte ich die

Nächte am Wasser mit der Angel in der Hand. Schlafen konnte ich später. Lange ist das her, sehr lange. Heute wünsche ich mir einen Platz für eine angenehme Nachtruhe. In meinem Inneren kocht es. Eine Hitzewallung nimmt mich fest in den Griff. Es herrscht eine Sauna ähnliche Bedingung. „Geh was trinken", empfahl mir eine Freundin aus dem Sport. Der Spruch treibt mich in die Küche zu einem Glas Wasser. Das kalte Wasser rumort in meinem Gedärm. Die Nacht wird zum Tag. Ich wanke ins Bett zurück.
Ich sehe Geistesblitze von der Nacht zum Frühstück aufgereiht, an einem langen Geduldsfaden. Meine Tochter überrascht mich mit einer fünf in ihrem Lieblingsfach. Du chattest zu viel mit den Jungs an deinem neuen Computer, schimpfe ich mit ihr. Ultimativ erklärt sie mir: „Lass mich ja in Ruhe. Den Stoff für die Arbeit wusste ich genau. Die Fragen wurden nie in der Schule besprochen". Hilflos stehe ich der Herausforderung gegenüber. Überlege, was mir für ruhige Träume helfen könnte. Alkoholisiert ist die Welt rosiger, überlege ich. In der Bar sind Liköre und einige Flaschen Wein. Schnapsflaschen hat mir noch niemand geschenkt. Zwischen den Höhen und Tiefen am Tag erdrücken

mich die hauswirtschaftliche Pflichten. Meine Familie ignoriert meinen Aufruf: Bring mal den Mülleimer hinaus. Das sei niedere Arbeit. Das habe ich nun davon. Irgendwie fehlen mir himmlische Hände. Wünsche ans Universum könnte ich noch abgeben. Ob sich die Spülmaschine von allein ausgeräumt?

Mein Kopfkino treibt mich auf die Couch. Dort schwitze ich nicht mehr. Für das nächste Schuljahr wird meine Tochter Leistungskurse belegen, sofern sie das Klassenziel erreicht. Voller Sorgen stehe ich endlich auf und tapse vorsichtig zurück ins Schlafzimmer. An unserem Hund Shila vorbei. Licht machen will ich nicht. Shila könnte ja aufwachen. Nur schlafen lassen mich meine Gedanken auch nicht. Gibt es etwas, das ich vergessen habe? Etwa die Einwanderung von Mäusen, die nun unter meinem Bett schnarchen? Der Fernseher ist off. Das Telefonat mit meiner Tante am Vorabend brachte nichts Neues. Keine Gefahr in Sicht, keine Beerdigung und keine Heirat verkündete sie. Im Urlaub in Schwäbisch Gmünd verbrachte sie erholsame Tagen. Neugierig erkundigte sie sich über alle Familienangehörigen ganz genau. In der Zwischenzeit bin ich genervt. Das Bett ist ein Unruhestifter. Ein so unruhiger

Ort sollte untersucht werden. Erst neulich gab mir eine Freundin einen Hinweis: Lass dein Schlafzimmer unbedingt untersuchen!" Eine indische Frau fähig negative Energie umzuwandeln in Positive, könnte mein Nachtproblem lösen. So ein Quatsch, denke ich. Wie kann ein Mensch mit einem Besen meine Gehirnwindungen sortieren? Voll Energie mitten in der Nacht öffne ich den Rollladen und gehe auf die Terrasse. Ein Blick in die Sterne verrät einen wolkenfreien Himmel. Ich entdecke eine Sternschnuppe. Wünsche mir für den Rest der Nacht Schlaf. Der Verkehr auf der entfernten Bundesstraße ist mäßig befahren. Die Nachbarn sind alle im Tiefschlaf nur ich stehe hellwach, barfüßig auf den kalten Bodenplatten. Wieder fällt mir die Arbeit ein. Die Probezeit dauert noch vier Wochen. Ob sie mich übernehmen? Oder ist es die Erziehung, die mir schleichend aus der Hand gleitet? Eine Art Aufruhr befindet sich in meinem Körper. Offensichtlich weiß mein Körper, was die Stunde geschlagen hat. Plötzlich knackt es laut aus der Mauer. Sogar im Außenbereich kann ich es hören. Es kommt wohl von einem Unterdruck der Heizung. Vermutlich tanzen Luftblasen in der Heizung und feiern eine Party. Möglicherweise will mein Schutzengel in den Rohren mit mir Kontakt aufnehmen. Will mir sein Leid klagen und keiner hört ihm zu. Jetzt höre ich und murmele: du kleiner, unbequemer, launischer Engel sage, was du zu sagen hast und lass mich dann in Ruhe. Er ringt mit der Tendenz nach Aufmerksamkeit. Torpediert mich nachts mit Gurgelgeräuschen. Steigt in meine Träume. Schickt mir aus dem Universum sonderbare Wesen in meine Wohnung. Wasserengel, die als aufgewühlte Blasen durch Heizungsrohre rasen. Interessanterweise ist dieser Engel ein Spezialist für dauerhafte Nachtruhestörung. In den Rohren gewinnt er Einsichten über die Menschen. Kann ihnen einen freundlichen Gruß zurufen. Sie kennenlernen. Ihre Gewohnheiten studieren. Andere Engel in den Wasserrohren treffen. Gemeinsam die einsame Zeit teilen. Ein Menschenherbarium erstellen. Sich höheren Aufgaben widmen. Die mit Gas betriebene Heizung auf undichte Stellen prüfen. In den Ventilen herumtreten. Eine Störung verursachen. Danach weiterreisen. Ein neues Heim finden, was ähnlich gute Bedingungen erfüllt. Die Menschen in dem Wohnhaus kennen den Engel nicht. Sie leugnen seine Anwesenheit. Seine Nachricht verstehe ich selbst nach Jahren nur wenig.

Plötzlich habe ich eine Idee. Es ist wie Musik. Die Töne folgen einem Duktus. Klaaaaaack, klaaaaaack, brrrrrrrrrr, klaaaaaak, brrrrrrrr über Sekunden hinweg. Am Ende ist der Engel ein bedeutender Rockstar. Wissenschaftlich setze ich einen Meilenstein mit der Erkenntnis. Den Ton kann ich übersetzen, mir fehlt nur der passende Notenschlüssel. Im Geiste arbeite ich an einer neuen Ära. Die Töne des Engels im Rohr singen ein Solo für mich und ich ganz allein entdecke das Mysterium. Komme dem Geheimnis der musikalischen Energieumwandlung auf die Spur. Erkenne die schweißtreibende Recherche, die Akustik für meine Seele ist. Opfere Nächte mit Überlegungen und mache mir Gedanken. Die reizvollen Klänge bringen nicht nur solidarische Versammlungen von Engeln, nein sie bringen mich um meinen Schlaf. Und erstellen einen Unterdruck in den Leitungen. Es ist ein Geschenk an mich - dieser gebrummte Ton. Nach der einmaligen Erkenntnis gehe ich wie ferngesteuert ins Bett zurück. Nur das Aufstehen fällt mir an diesem Tag schwer.

100 Jahre alt

Eines abends teilt mir mein Mann Hansi mit, er wolle seinen Lebensabend in Tübingen verbringen. Meine Tochter lacht voller Freude: „Das Südzimmer gehört mir." Da will ich gar nicht wohnen, überlege ich im gleichen Augenblick.
Vor ein paar Jahren erbte mein Mann einen Koffer und ein Haus. Seine Mutter war schon lange verstorben. Tante Elenore überschrieb ihren Anteil auf ihren Bruder. Als er vor zwei Jahren starb, blieb das Haus weiterhin vermietet. Mit dem Tod des Vaters musste Hansi sich mit dem Erbe auseinandersetzen.

Das Haus ist eine Bruchbude. Dahinter verläuft die B28, gebe ich zu bedenken. Hinter dem Haus zielt pfeilgerade der Autokorso mit erhöhter Geschwindigkeit Richtung Reutlingen und Stuttgart. Vor dem Haus ist die Rennstrecke zu Fuß ins Arbeitsamt, Kreissparkasse und dem Landratsamt eröffnet. Wer kann dort in Ruhe wohnen?, sage ich auf der nächsten Autofahrt nach Tübingen. „Ach, Mama, sei nicht albern. Das wird ein tolles Wohnen. Die Nachbarn weit weg. Keiner schaltet dir mehr die Waschmaschine aus. Und deine Kehrwoche kannst du machen, wann du willst. Ich finde einen Umzug prima.", erklärt mir meine 17jährige Tochter Susanne.

Die Tage ziehen rasend schnell vorbei. Eifrig packe ich Kisten in der alten Wohnung. Hoffe fast auf ein Wunder. Vielleicht sollte ich mal Lotto spielen. Mir eine Stelle bei einem Scheich in Dubai suchen. Immerhin wäre ich dann von der Entscheidung entbunden. Hansi könnte endlich aus dem ganzen Haus eine Werkstatt machen. Susanne das Haus einnehmen und eine Party nach der anderen schmeißen. Mit einem grummeligen Bauchgefühl ergebe ich mich in mein Schicksal. Der Umzugstag rückt näher. Am Tag vorher stolpert die ganze Familie über Umzugskisten. Nachts lässt mich der neue Wohnort nicht zur Ruhe kommen. Unruhig wälze ich mich im Bett. Träume von Fahrrädern, die alle am Haus abgestellt stehen, sie lassen mich nicht hinein. Ob das meine neue Zukunft ist? Ein Fahrrad Kaffee mit Blick auf die Straße. Immerhin ist Tübingen eine von Grünen regierte Stadt. Als der letzte Umzugskarton im LKW steht, bin ich fast erleichtert. Barbiepuppen, Spielzeug von einem Jahrzehnt vom Kleinkind bis in die Pubertät nisteten ein heimliches Dasein im Keller und in der Gartenhütte. Die Mäuse nahmen mir einiges ab.

Der letzte Gang auf den Wertstoffhof erleichterte so manche Diskussion.

Kaum in Tübingen angekommen genießen wir den riesigen Garten. Ein laues Lüftchen zieht durch das Haus. Unterm Dach knackt ein Balken. Oje, da wird ja doch noch eine Sanierung anstehen, sage ich zu Hansi. Er winkt ab. Am Abend gehen wir in die Stadt. Schlendern am Neckar vorbei. Die ersten Stocherkähne ziehen auf dem Wasser entlang. Obwohl viele Studenten auf der Straße unterwegs sind, herrscht eine entspannte Stimmung. Gerade freue ich mich auf die gelassene Gesellschaft. Sicher werde ich bald Anschluss finden, überlege ich. An diesem Abend nehme ich mir vor endlich zur Ruhe zu kommen. Wahlweise schlage ich die Bibel auf und lese ein Stück. Höre auf meinen Bauch. Er grummelt ein wenig vom üppigen Essen. Sonst ist es ruhig. Einzig die Betten sind nicht rechtzeitig gekommen. Deshalb schlafe ich auf der Couch im Wohnzimmer. Hansi will unbedingt im Keller schlafen, weil es dort kühl sei und Susanne schläft endlich in ihrem Südzimmer.

Mitten in der Nacht wache ich auf. So ein Mist, denke ich, die Bibel hilft eben auch nicht immer. Ein lautes Schreien geht mir durch Mark und Bein.

Susanne kreischt wie am Spieß. Eigentlich sind die Kindertage vorbei, an denen Monster unter dem Bett gehalten werden. Heute ist sie fast erwachsen.

Langsam schlüpfe ich in meine Pantoffeln und laufe in den ersten Stock. Mein Kind ist kreideweiß. Sie sitzt mit weit aufgerissenen Augen auf dem Stuhl. Sag, mal, wieso schreist du so?
„Mama, du wirst es kaum glauben, auf dem Dachboden laufen Menschen umher. Schau doch mal nach, was da oben los ist." Etwas verunsichert denke ich an meine eigene Kindheit. Nachts klopfte ein Nachbar in angetrunkenem Zustand auf den Klappladen. Unter Tränen öffnete ich und heulte in die Nacht. Danach kam er nie wieder vorbei. Er interessierte sich für die Nanny, die ab und an auf mich aufpasste. Vielleicht hast du zu viel Handy geschaut, sage ich.
In diesem Moment poltert etwas auf dem Dachboden. Erschreckt springe ich zur Seite. Am Ende gibt das Loch auf dem Dachboden nach. Hansi meinte, es stünde ein Schrank darauf, da könne gar nichts passieren, höre ich ihn noch reden. Ach ja, entfährt es mir. Die Taschenlampe von Susannes Handy leuchtet grell. Alleine will ich das Monster unter dem Dach dann doch nicht zur Strecke bringen.

Im Keller ist alles ruhig. Hansi schnarcht. Er schläft tief und fest. Ich kann ihn nicht wecken. Immer wieder murmelt er unverständliche Sachen. Langsam wird mir kalt. Die Wintersachen stehen im Heizraum. Von dort ergreife ich eine Jacke vom Haken. Meine Sachen sind alle in den unteren Kisten verstaut. So bleibt mir die Jacke von Hansi. Viel zu groß hängt sie mir bis in die Knie. Meine Arme sind in langen Ärmeln versteckt.

Müde, abgekämpft und plötzlich voller Wut stampfe ich die Treppen nach oben. So ein Mist. Wer tobt hier herum?, schreie ich durch das ganze Haus. Susanne sitzt immer noch auf dem Stuhl und rührt sich nicht. Los, hilf mir das Monster fangen? Da fängt sie an zu weinen. In der ersten Nacht in einer neuen Bleibe sollen schöne Träume kommen, murmele ich vor mich hin. Bewaffnet mit einem Hammer aus Hansi´s Werkzeugkasten ziehe ich die Klappe vom Dachboden auf. Die schmale Treppe wankt nach unten. Quietschend ziehe ich Stufe für Stufe nach unten. Lausche nach oben. Alles ist still. Vor dem Aufstieg auf den Dachboden, so habe ich mir zeigen lassen, ist ein Schalter für ein Notlicht. Einige Spinnweben bleiben an der Jacke hängen. Feucht riecht es hier, sage ich laut. Beim

umsehen, bemerke ich ein offenes Fenster. Verkehr fährt selbst bei Nacht. Hier oben sind die Autos mehr zur hören, denke ich. Wie erwartet stehen die Erbstücke an der Außenwand. Ein Koffer, ein Schrank voller Porzellan, eine Kiste mit historischen Büchern und ein paar Gemälde stehen herum. Ich gehe auf den Schrank zu und schaue mir die filigranen Tassen an. Plötzlich steht hinter mir ein Pelz. Ich schreie laut. Aus meinem Mund kommt zunächst nichts. Ich setze erneut an und kreische laut und deutlich. Am Fleischerhaken hängt ein grauer Pelz. Mir schaudert. Was um Himmelswillen passiert hier? Der Koffer ist offen. Das hatte ich gar nicht gesehen. Hinter dem Pelz kommt Hansi hervor. Mit dem Hammer in der Hand gehe ich auf ihn los. Er weicht zurück. „Bist du verrückt", faucht er mich an. Du bist es wirklich. Wie kommst du hier hoch? „Du schreist aus Leibeskräften. Da kann kein Mensch schlafen.
Susanne heult in ihrem Zimmer. Ja, der Mantel von Tante Elenore hängt hier zum Lüften aus. Hast du damit ein Problem?", fragt er mich.

Im Scheinwerfer rennen ein paar Mäuse von einer Ecke in die nächste. „Morgen besorge ich ein paar Fallen. Das Haus ist schon in die Jahre

gekommen. Überlege mal wie lange niemand hier wohnte.", tröstet er mich. Er nimmt mir den Hammer aus der Hand und geht die Treppe nach unten.
Mit der Erklärung folge ich ihm nach. Bevor ich das Licht ausmache, schaue ich mit einem prüfenden Blick über den Dachboden. Der Pelz hängt immer noch am Fleischerhaken. Als mir aus dem Mantel eine Frau zuwinkt.
Vermutlich bin ich zu müde, überreizt. Susanne, es sind Mäuse, du brauchst keine Angst zu haben. Ich werde morgen den Kammerjäger holen, rufe ich von oben nach unten ins Zimmer. „Alleine schlafe ich hier nicht", verkündet Susanne.

Tage später kommt vom Altersheim aus Hamburg eine Mitteilung über den Tod von Elenore. Sie war in jener Nacht verstorben.

Warm

Beim Einzug warst du flatterhaft. Mit einer Haube auf dem Kopf wolltest du Eindruck schinden. Schon der erste Kontakt versprach ruhige Momente. Die Atmosphäre dazwischen passte sofort. Wir verstanden einander nur mit Blicken.

Die Entscheidung war natürlich ein Alleingang. Eine Momentaufnahme gleich einer Einladung zu einem Essen. Aus der Familie gab es eine Gegenstimme, denn einige Punkte sprachen dagegen. "Ist der Neue männlich oder weiblich. Überhaupt, schon wieder ein Neuer", sagen die Menschen. „Es ist wieder Frühling. Bei schönem Wetter geht es an die frische Luft. Dort wird es ihnen gefallen. Hugo ist dann nicht alleine.“, meint die Blonde. Meine Zeit verlebe ich badend durch Zeit und Raum in einer schönen Umgebung. Direkter Blick in den Garten. Unserer Freundschaft besteht aus Musik. Herrliche Töne geben meinem Leben einen Sinn, als du kamst.

In unserem Heim bist du der Star. Anmutige Bewegungen. Eleganz bringst du mit, bist adelig. Mich mögen sie nicht sonderlich. Zu normal. „Keine Auffälligkeiten, aber eine schöne Stimme hat er“, sagt die Blonde. Jeden Morgen erwacht meine Seele mit deinem Flügelschlag. Erfrischt begrüßen wir die anderen. Schwingen von Schaukel zu Schaukel. Sehen dem Frühling zu. Können das Gras wachsen hören, wenn das Fenster offen steht. Fühlen, wie die Sonne die Erde wach küsst. Heimlich sind wir dabei, wenn die Rosenknospen aufblühen und die Katzen herumschleichen. Sie warten auf Leckerbissen. Einen passenden Moment indem sie uns einverleiben kann, so wie wir sind. Ab und an beobachte ich eine Maus, die im Maul des grauen Fells verschwindet.

Im Garten steht ein Apfelbaum, der einen herrlichen Duft verströmt. In den Rabatten rechts davon, wetteifern Blumen in bunten Farben. Wir erleben die Menschen bei vielen Aktionen. Die sind zu dritt. Sie mögen sich, so wie wir zwei. Sie zeigen ihre Zuneigung nicht immer gleich. Mal lachen und gähnen sie und dann wird es richtig laut. An manchen Tagen laufen sie dann schnell durch die Wohnung. Rennen zur Tür, dann wieder zurück. Haben Päckchen in der Hand und kommen ohne wieder. Springen herum und ärgern den Hund. Meist liegt er regungslos irgendwo in der Wohnung herum. Wenn sie ihrem Nachwuchs, also ihrem Kind, hinterher rennen, springt der Hund mit. Das Kind sitzt meistens auch irgendwo herum. „Langweilig?“, fragt die Blonde. „Überhaupt nicht.“, kommt zurück, während die Junge in einen schwarzen Kasten starrt, der mit langen Bändeln direkt in die Ohren versinkt. Ob die Menschen so ihre neue Brut heranzieht? Beim Essen sprechen sie wenig und schlingen die großen Brocken hastig in den Schlund. Von der Blonden hören wir kreischende Töne, wenn alle gleichzeitig aufstehen. Wild durcheinander reden. Stressig sind die Menschen. Bei uns im Käfig singen unsere Herzen harmonisch miteinander. Einzig die Freiheit fehlt mir. Zudem habe ich hier keine lange Ahnengalerie und Vorfahren zu bewundern. Meine Gene kommen von den kanarischen Inseln. Dort gibt es einen Urwald, ein feuchtes, tropisches Klima und die Freiheit, so weit das Auge reicht. Mit meinen 13 cm Größe kann ich höchstens auf eine Mitfahrgelegenheit hoffen, wenn die Blonde mal wieder in den Urlaub fährt. Wir dürfen in unserem Käfig mit. Sitzen auf der Rückbank neben der Jungen.

Wieder steht die Blonde vor mir und lächelt. Hinter Gitterstäben sitze ich und mein Kumpel. Er hat ein orangenes Outfit. Sieht mächtig übertrieben aus, nach meiner Meinung. Am liebsten putzen wir uns. Ich muss immer warten, bis er mit baden fertig ist. Lange Zeit stritten wir uns, wer auf welcher Schaukel sitzen darf. Nachdem er stark an Gewicht abnahm, ist es ruhiger zwischen uns geworden.

Das Essen wird ihm nun auf einem extra Brett serviert. Ich mag meinen Kumpel. Seit er sich verändert, bekommen wir viel Besuch. Der Große, von den Menschen, pfeift meistens schon, wenn er zur Tür hereinkommt. Die Menschensprache zieht sich ewig. Manchmal ein Nachahmen der Unterhaltung zwischen meinem Kumpel und mir. Dann einen schnellen Fluss von Worten. Zeitgleich glänzen ihre Augen bei unserem Anblick. Ihre Stimmen werden weich, fast so, als wollten sie mit in den Käfig sitzen. Reden auf meinen Kumpel ein. Häufig bekommen wir eine Wohnungsrenovierung. Mit eindrücklichen Worten murmelt die Blonde eine Verschwörung: „Alles muss raus." Sie schieben den Käfig hin und her. Putzen jeden Stab. Erneuern die Trinkgefäße. Hängen eine weitere Schaukel hinein. Selten gibt es ein Ei in einem Glasbehältnis, was an den Gitterstäben hängt. Modernes wohnen würde ich sagen. Abwechslungsreiche Kost wie Apfel, Kiwi,

Salatherzen und Chiccoree wird ständig hereingetragen. Einmal überraschte uns die Blonde mit einem merkwürdigen Spiel. Sie greift in den Käfig. Zuerst nimmt sie mich in die Hand. Das ist auch so eine Kräfte zehrende Angewohnheit von ihr. Kaum sitze ich in ihrer Hand sagt sie leise Worte, die niemand versteht. Anschließend gibt es eine neu eingefüllte Badewanne.

Trotz alle dem geht es meinem Kumpel zusehends schlechter. Am nächsten Morgen muss er untersucht werden. „Es ist eine gefährliche Krankheit," sagt die Blonde. Tatsächlich nehmen sie ihn morgens mit. „Weißt du", sagen sie, „deinem Kumpel geht es schlecht. Schau, er isst kaum mehr was. Seine Krallen sind beidseitig stark angeschwollen."
Stunden später kommt er wieder. Wer weiß, wo er war, die Krallen rechts bluten. Drei sind abgefallen. Er sitzt da. Ich beschwichtige ihn. Er sitzt teilnahmslos auf der Stange. Ich halte mich am Außengeländer, den Gitterstäben fest. Putze seinen Schnabel. Unsere Hahnenkämpfe sind schon lange vorbei.
Das frühlingshafte Wetter schickt dunkle Wolken über den Horizont. Jeden Tag kommt die Blonde, träufelt einige Tropfen in seinen Schnabel. Die

abgebrochenen Zehen schmerzen anscheinend. Er zieht die Kralle in sein Gefieder. Kein Laut dringt aus seinem Schnabel.

Hinter dem Garten beginnt ein Feldweg. Hier wohnen viele unserer Artgenossen. Einige besuchen uns regelmäßig. Sie fliegen durch den Garten. Sind immer auf der Flucht vor dem Feind. Grau, auf vier Pfoten sitzt er bei uns auf dem Tisch. Wartet mit schwingendem Schwanz und großen Augen. Hin und wieder schwingt eine Pfote durch die Gitterstäbe. Mein wildes Gezwitscher lässt die Blonde aufhorchen. Mit einem Satz steht sie auf der Terrasse und klatscht laut in die Hände. Das haarige Teil springt voller Entsetzen vom Tisch.

Mein Kumpel kann seit heute Nacht nicht mehr auf der Stange sitzen. Er bleibt auf dem Boden liegen. Laut zwitscher ich aus Leibeskräften nach Hilfe. „Austherapiert", sagen die Menschen. „Er hat so eine schöne Stimme. Seit er abnimmt, gibt es nicht mehr viel Möglichkeiten.", murmelt sie. Dann verliert die Blonde Wasser aus den Augen. Bestimmt will sie baden. Unsere Wanne ist mit kaltem Wasser gefüllt. Ihr Wasser trifft mich. Es ist ganz warm.

MIX
Papier aus verantwortungsvollen Quellen
Paper from responsible sources
FSC® C105338

Printed by Books on Demand GmbH, Norderstedt / Germany